詩集

幸福論

若松英輔

AKISHOBO

幸福論

目次

余白

こころに
時を与えよ
何かのための
時間ではなく
無為の余白を

こころに
コトバを与えよ
文字になる
言葉ではなく

目には見えない
生ける意味を

こころに
祈りを与えよ
終わりなき
願望ではなく
彼方からの声を
受け容れるための
藍色をした沈黙を

こころに
慈《いつく》しみを与えよ
今日一日を生きた

自己への
慰めとともに

多忙な人

忙しすぎては　いけない

大切な人に
会えなくなって
ひとりで困っているのを
見過ごしてしまう

忙しそうに　していると
心を　開いてくれるはずの人が
いつの間にか

黙ってしまう

そんなことがあったら
どんなことを
成し遂げたとしても
虚しく感じるだろう

世の中が
仕事と呼ぶものに
心を
奪われては　いけない

幸福論

闇にあるとき　人は
もっとも　強く
光を感じる　そう
言った　人がいます

あなたが　わたしの
心に　残していった
この　暗がりも
光との　出会いを
準備する

ものなのでしょうか

でも　わたしは
薄暗い　場所で
あなたと　いられれば
それで　十分だった

明るいところで
ひとり
何をしろと
いうのでしょう

鞭を打つ

おのれに
鞭打つのは　止めよ
愛する人のように
みずからを
いつくしめ

遍歴者

美しいものを
探して
おまえは　いったい
どこへ
行こうとするのか

目をこらすのではなく
自分のことで
いっぱいの
こころに

わずかばかりの
すきまを
空けるだけでよいのに

美しいものが
存在しないのではなく
おのれのことで
いっぱいの
こころには
世界が　美しく
映らないだけなのに

本当のことを
捜《さが》して

おまえは　いったい
どこへ
行こうとするのか

頭に知識を
詰め込むのではなく
となりのひとの
痛みを　すこし
感じようとするだけで
よいのに

真理が
存在しないのではなく
おのれのことで

いっぱいの
こころには
世界が　本当のことを
告げ知らせないだけなのに

聖堂

聖なる御堂《みどう》を建てよ
目にみえない
世にただ一つの
聖堂を

痛みによって
頑丈な柱を打ち
苦しみによって
強き壁を築け

慈《いつく》しみによって
あたたかき屋根をはり
悦《よろこ》びによって
窓をふちどり

かなしみの
橙《だいだい》色した
明かりによって
部屋部屋を照らしだせ

そこは
神のすまいであり
傷ついた者たちの
憩《いこ》う家

おまえが
愛する者と
ほんとうのおまえに
出会う場所

裁く眼

あかあかとした
おのれを裁く　眼を閉じよ
大切な　友の過ちを
受け容れるように　みずからを
ゆるせ

アスファルト

何度も転んだ
何度も転んだから
何度も立ち上がった

そんな不器用な人生だから
友だちも多くない
でも　大切な人はみな
生きることに
疲れた日々に
めぐり逢った

真っ黒な
アスファルトの道を
舌で
なめなくてはならないような
試練のときに
出会った

転ぶのは
高慢だった自分の鼻を
へし折り
惨《みじ》めな自分の顔を
見つめるため

転んだ人間に
だまって
手を差し伸べるのは
転んだことのある者たち

そんな単純なことも
転ぶまでは
わからなかった

開かない扉

どうしても
あの人の
心の扉が開かないと
君はいう

当たり前じゃないか
どこかで
聞いたような調子で　君が
流暢に語りかけるたびに
あの人は

もう独りは嫌だと
呟《つぶや》くんだ

愛する者に
何かを呼びかけるときは
いつも
震える声で
伝えなくてはならない

言葉ではなく
おもいを
届けたいのなら
口ではなく　心で
語らなくてはならない

あの人は
ほんとうの
言葉を待っている

君だけが
語ることのできる
情愛のあかしを
おどおどした声で
呼びかけられるのを

ずっと
待っている

告白

あなたのことは
これ以上
知らなくていい

知ってしまったら
あなたを
信じられなくなる

あなたを　信じることで
今日も　わたしは

生きていられる

あなたのことは
もう　これ以上
知らなくていい

わたしはずっと
あなたを
信じていたいのです

書物

消え入るような声で
語らなくては
伝わらないことがあるように
書物にも
読み過ごされるような
ひそかな姿で
記されている
透明な言葉がある

ひとが

話を聞かせろと
つめ寄る者に
大切な何かを
打ちあけないように
書物も
得になることはないのかと
手をのばす者には
多くを語らない

永く　読み継がれてきた
書物には　かならず
こころの青い光で
照らし出さなくては
浮かび上がらない

見えない言葉が
潜んでいる

うれしいとき
かなしいとき
生きる道に迷《まど》うときでも
いつも傍らにいる
そんな人に

書物は
静かに　密意を
語り始める

見えない翼

どこを
どんなに探しても
彼方の世界にいる
あなたの姿は
目に映らない

あなたは
遠くへいった　と
みんながいうから
離れた場所ばかり

眺めていた

どうしても
あなたに会いたくて
わたしは
見えない翼さえ
手に入れようとした

ああ　でも
あなたが
こんなに
近くにいたなんて

つまずいて

倒れたときも
生きるのを
諦めそうになったときも
あなたが
わたしよりも
わたしに
近い場所にいたなんて

わたしは
知らなかった
悲しみが
あなただったなんて

涙が

あなたからの
呼びかけだったなんて

悲しみに
姿をかえて
あなたがいつも
そばに
いてくれたなんて

——吉野秀雄頌

蛇のしあわせ

どう生きるかは
あとで
考えればよい

それよりも
お前にとって
生きるとは
いったい
何なのか

魚は　水の中でしか
生きられない
でも　鳥は
水の中では
生きることが　できない

獣は　地上で
土龍《もぐら》は
地中で
生きるもの
鷲《わし》の幸せを
蟹《かに》が
願っている

そんなことはないのか

おまえは
象の幸福を
必死に追い求めている
蛇ではないのか

おまえは
いったい
何者なんだ

人生の秘義

よわい人になれ
つよいだけの人は
人生の秘義を　知らない
誰かを助け　励ましてばかりいて
助けられることを　知らない

巫女の助言

供物には
目に見えないものを
おささげになると
よいでしょう

神々は
手に持てるもの
売られているものを
望まれません

頬を伝う
涙ではなく
心に渦巻《うずま》く
褐色のなげきを

整った
祈りではなく
言葉になろうとしない
朱《あか》いうめきを

善き行いではなく
善くあろうとしながらも
そう生きられぬ
深き緑色《りょくしょく》の苦しみを

確信と希望ではなく
慄《おのの》きと不安に満ちた
砕けた心を
おささげなさい

農夫の仕事

書き手は
言葉の農夫

意味の大地に
種を蒔《ま》き
肥やしをつくり　耕して
果実を　虫から守り
季節が来て
刈り取りの日を
告げられたら

次は　必要な人に
届けるのが　仕事

でも　農夫は
育てるだけ
産み出すのは
いつも　土

農夫はいつも
手を
空にしておかないと
何もつかめない

言葉の農夫も　同じ

自分の思いで
掌《てのひら》を
一杯にしていては
いけない

眠れる水晶

自らの名を付す書物を
一つも残すことなく
逝った者たちの言葉は
どうして
これほどまでに力強く
うつくしいのか

読むたびに
黄金の
意味のかけらが

こぼれおちる

来たるべき友が
　未来にいると信じて
　　永く眠っていた
　　　水晶のよう

　　　　訪れる光によって
　　　　　無尽の色を　照らし返す

詩人は　だれが　いつ
　それを　読み解くのかと
　　彼方の世界から
眺めている

目覚めよ
名なき詩人たちよ
言葉をつむぎ
おもいに
意味の衣を与え

世に
不可視な
光を放て

緋《ひ》の言葉

言葉は　争いの
道具ではなく
人間の心を守る
見えない護符

生きるとは
闘いではなく
本当の自分と
めぐりあう旅

武器となる言葉を
手にするとき
どこからともなく
集まってくるのは
何もかも　力で
ねじ伏せようとする
乱暴な者たち

ひとり　人生の道を
歩くとき　静かに
寄り添ってくれるのは
生きるという
険しい道中で
行き交《か》う者たちがくれた

小さな言葉

どこにでもある
言葉が　たましいに
不滅な緋《あか》い炎を
燃え立たせることがある

見知らぬ人が
「おはよう」と
呼びかけてくれた声が
窓となって
暗がりの人生に
一条の光が
舞い込むことがある

明日を
約束された者など
どこにも
存在しない

「また　明日」
愛する者に
そう　語るときにも
無尽のおもいを
込めてよい

その者と　ふたたび
会うとき　人は

稀有なる出来事の証人になる

凡庸な一語

世に
流布する金言を
集めてはいけない
それは鎧の重さを
増やすにすぎない

鋼鉄の甲冑を
身に付ける者は
その重みゆえに
危機のとき

身動きができなくなる

名言を
求めてはならない
人生を眺める
大きすぎる双眼鏡を
手にすることになる

遠くにあるものは
よく見えて
目の前で苦しむ
愛する者の姿が
見えなくなる

凡庸な一語を
探せ
ありふれた
意味の衣の奥に
非凡なる
意味を探せ

文字の奥に
凡庸ならざる
意味の世界を
目撃せよ

切なるもの

切なるものを
切なる言葉で
つむぎだせ
人は　おのずと
詩を　目撃する

書く理由

思ったことを
書くのではない
宿ったことを
書くのだ　と
おのれに
言い聞かせる

何を　どう書こうかと
思いを巡らせることは
ときに　コトバが宿る

邪魔をする

宿りに求められるのは
待つことだ
書くときにも
けっして劣らない
真摯な態度で
待つことだ

これが
自分の刻む
最後の文章だと思って
書くことだ

それらは
生者だけでなく
死者たちにも届くと思って
書くことだ

この文章は　誰かが
この世で読む
最後の言葉に
なるかもしれない
そう思って
書くことだ

ホメオパシー

猛毒を
うすく
実体が
検出できないほどに
希釈すると
薬になる
希釈すれば　するほど
効力は強くなる

発熱をもたらたす毒素は

解熱の
痛みの原因になるものは
それを癒す
薬になる

十八世紀ドイツ
ゲーテと同時代に生まれた
サミュエル・ハーネマンが発見した方法
男はそれを
ホメオパシーと呼んだ

この男の説が　正しいなら
人生の毒を含んだ
血や涙や汗もまた

うすまれば
うすまるほどに
人の心をなぐさめる
霊薬になるのだろうか

悲嘆の底にあるとき
荒れる海のような
街並みで　人の波を
眺めていると
心が　落ち着きを
取り戻すのは
そこに
数えきれないほどの

希釈された　血涙が
流れ込んでいるからなのだろうか

黄金のとき

どんな　黄金よりも
つよく　明るく
輝きを　放つもの
あなたと　過ごす　二度と
還ることのない　今

祝婚歌

本当に
感じていることは
何度目であっても
はじめてのように
語らなくてはならない

誰かからの
大切な預かりものを
届けるように
相手の胸に

奥深く
親しい言葉で
呼びかける

言葉は
人と　時と　場所が生む
繰り返されることのない
ただ一つの
出来事

今日も
昨日と
同じ言葉を
何度目であっても

おもいを込めて
心の底から
送り出すがいい

同じ言葉など
存在しない

あなたに出会えて
ほんとうに
よかった

それが
最後の一言になるように
生きてみるのも

わるくない

言葉の贈り物

生きるとは
人生という
大きな原稿用紙に
不可視な文字で
一篇の詩を
書くようなものだ

詩は
書き手を離れ
誰かに

読まれることによって
はじめて
いのちをおびる

黙して　祈れ
沈黙の言葉によって
詩を詠《よ》み
一冊の詩集を
編んで
愛する者に　贈れ

賢者の促し

愛される人になりなさい　と
世間はいう

しかし
わたしの
内なる賢者は

愛されるより
愛する人に
なりなさい　と

しずかに
つぶやく

強く生きなさい　と
世間はいう

しかし
わたしの
内なる聖者は

強くあるより
弱い人から
目をそむけずにいるように　と

しずかに
促す

月のひと

ああ　月のひとよ
あなたのように
わたしは　生きたい

みずからは
光を発することなく
大いなるものの
はたらきを
映しとり
世に　小さな　しかし

たしかな望みを
もたらす者よ

胸に　痛みをかかえ
うつむき加減に
歩く人たちの道を
背後から　音もなく
銀色の光彩で
照らし出す者よ

精霊

わたしは
天来の使者
彼方の国からの
コトバを
つたえるために
まいりました

でも　耳で
聞いていただくことは
できません

固くしまっている
あなたの　心の扉を
すこしだけ
開いていただくことは
できますでしょうか

わたしは
天来の使者
あなたのおもいを
彼方の国へ
持ち帰るのが
つとめです

けれども

言葉を
運ぶことは
できません

いまも
あなたの心を
流れている
赤い涙を
ひとしずく
いただくことは
できますでしょうか

心耳《しんじ》と心眼

心に　耳をもて
大切に思う人が
語り得ないという
沈黙の声を
聞き洩《も》らさないために

心に　眼を開け
世の人が
書き得ないというおもいを
文字の深みに

感じとるために

心に　秘密の小部屋を用意せよ
傷ついた者をかくまい
自らが　人生の危機にあるとき
安息のひとときを
持つために

青い風

あなたが一度でも
わたしの詩を
声にだして　読んでくれたなら
言葉は　青い風になって
神々のもとにも　届くのに

天使の独語

うそは嫌いだ
男は　いつも
そう語っていた

神がいるなどと　言って
世の中を
たぶらかそうとする輩《やから》は
許すことができない　と
教会の前の道で
声を　荒げていたこともある

男は
家族思いで
情愛深い人間だった

あるとき
彼の家族を
大きな試練が襲った
愛する娘が
突然
大きな病を　背負った

昼間　彼は
家族のために

身を粉にして　働き

夜は　皆が
寝静まっても
ひとり
部屋の片隅で
白い月の光を浴びながら
しずかに祈りを
ささげていた

彼は　いったい
だれに向かい　何を
祈っていたのか

神など　いない
そう語った　あの男は
嘘をついたと
祈りを
受けとめられた　あの方に
咎《とが》められるのだろうか

永遠のいのち

永遠に続く
命など
ありはすまい

ああ　天上の神々よ
過ぎ行く時間の奥に
永遠を感じる
いのちをわれに与えよ

悲しみのない

人生など
ありはすまい

おお　大地を支える神々よ
悲痛の彼方に
悲愛を感じる　いのちを
われに　与えよ

献辞

新しい詩集を
書き終えました
紺色の文字が
乾かないうちに
祈りをこめて　あなたに
捧げたいのですが
それは　できません

なぜなら
もし　ここに

よきことが
記されているなら　それは
すべて　あなたから
与えられた　ものだからです

あなたから
もらったものを
どうして　あなたに
贈ることが
できるでしょう

あとがき

散文で、いわゆる幸福論を書こうと思い、何度か筆を執ったのだがうまくいかなかった。また、幸福論と呼ばれる本を、いくつか手にしてみたが、どれも幸福とは何かを語っているようには見えない。

哲学者のアランに『定義集』と題する本があるのだが、「幸福」を定義した言葉はそこにないのである。彼が二十世紀にもっともよく読まれた『幸福論』の著者であるのは言うまでもない。幸福とは何かを言明するのは難しいらしい。

だがそれは、幸福とは何かを考えなくてよい、ということではないのだろう。もっと別な手ごたえをたよりに書いていかなくてはならない、そう思いながら詩をつむいだ。

そこに何か糸口になるようなものがあれば、と願う。しばらく時を経たら、もう一度、随想のかたちで幸福論を書いてみたいと、今、私は思っている。

本書は、書き手の気が付かないところで生まれた。書かせてくれたのは、私の人生の上で、言葉よりも行為で、ときに沈黙によって幸福とは何かを教えてくれた人々だった。彼、彼女らが真の作者であるようにも思われる。

編集者である内藤寛さんがいなければ、この詩集は生まれなかった。詩は書くよりも、読むことに大きなちからを要することがある。とくに本になるまではそうだ。その役割を忍耐強く担ってくれた。

校正は、牟田都子さんが今回も担当してくれている。校正は言葉に磨きをかけ、コトバの余韻を生み出す仕事だが、読者がもし、ここでそれをお感じ下さったなら、そこに校正者の存在を想い出していただければと思う。

装丁は、前作の詩集『見えない涙』に続いて名久井直子さんにお願いできた。装丁者のちからで言葉は、本へ、そして書物へとなる。今回も名久井さんの作品には強く心を動かされた。

一冊の本が生まれるところにはいつも有形、無形、さまざまな支えがある。最後に、そして心からの感謝を送りたいのは、小さな会社の仲間たちと家族だ。

彼、彼女らは、悦びのときだけでなく、苦難の時をより多く共にしてくれている。深い感謝を送りたい。

二〇一八年一月二十五日

若松　英輔

初出一覧

「告白」（原題「生きる」）と「願い」（原題「書く」）は、『片隅03』（伽鹿舎・二〇一六）に発表され、「精霊」（原題「クリスマスの来訪者」）は、二〇一六年十二月にweb版「詩修　詩人が描く　池田修三の言葉」に掲載された。それぞれ本書への収録に当たって、改題のほか大幅に改稿したものもある。そのほかの詩は書き下ろし。

若松英輔（わかまつ・えいすけ）
批評家・随筆家。一九六八年生まれ、慶應義塾大学文学部仏文科卒業。二〇〇七年「越知保夫とその時代 求道の文学」にて三田文学新人賞、二〇一六年『叡知の詩学 小林秀雄と井筒俊彦』にて西脇順三郎学術賞を受賞。著書に『イエス伝』（中央公論新社）、『魂にふれる 大震災と、生きている死者』（トランスビュー）、『生きる哲学』（文春新書）、『霊性の哲学』（角川選書）、『悲しみの秘義』（ナナロク社）、『小林秀雄 美しい花』（文藝春秋）、『内村鑑三 悲しみの使徒』（岩波新書）、『生きていくうえで、かけがえのないこと』『言葉の贈り物』（以上、亜紀書房）など多数。詩集に、『詩集 見えない涙』（亜紀書房）がある。

幸福論
二〇一八年三月一六日 初版第一刷発行

著者 若松英輔
発行者 株式会社亜紀書房
郵便番号 一〇一-〇〇五一
東京都千代田区神田神保町一-三二
電話 〇三-五二八〇-〇二六一
振替 00100-9-144037
http://www.akishobo.com

装丁 名久井直子
印刷・製本 株式会社トライ
http://www.try-sky.com

ISBN978-4-7505-1535-9
Printed in Japan

若松英輔

詩集　見えない涙

「活字から声が聞こえる、若松さんの詩には体温がある。」

谷川俊太郎氏

「この詩集を読む者は、まず詩情のきよらかさに搏たれる。それはただの純情ではなく、ぎりぎりまでものを考える知性で裏打ちされている。まるで奥深い天上の光が差しこんで来るかのようだ。」

石牟礼道子氏

泣くことも忘れてしまった人たちへ。
26編の詩を収めた、批評家・随想家、初の詩集。

1800円＋税